CHARLES PITOU

LES

LARMES D'OR

PARIS

LÉON VANIER, LIBRAIRE-ÉDITEUR

6, RUE HAUTEFEUILLE, 6

30,176

LES LARMES D'OR

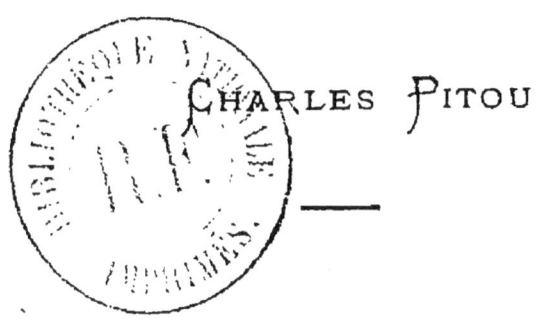

CHARLES PITOU

LES

LARMES D'OR

—

PARIS

LÉON VANIER, LIBRAIRE-ÉDITEUR

6, RUE HAUTEFEUILLE, 6

On ne voit en passant par les landes desertes
Surgir ..
D'autre arbre que le pin avec sa plaie au flanc...

Sans regretter son sang qui coule goutte à goutte.
Le pin verse son baume et sa sève qui bout,
Et se tient toujours droit sur le bord de la route
Comme un soldat blessé qui veut mourir debout !

Le Poète est ainsi dans les landes du monde ;
Lorsqu'il est sans blessure, il garde son trésor,
Il faut qu'il ait au cœur une entaille profonde
Pour épancher ses vers, divines larmes d'or !

Théophile GAUTIER.

SONNET-PRÉFACE

SONNET PRÉFACE

—

L'HOMME, *en ce monde de malheur,*
(Dieu n'en pouvait créer de pire)
Incarne en soi, dès qu'il respire,
Le Protée éternel du pleur.

Comptons : — Larmes de la douleur ;
Larmes du vin, larmès du rire ;
Larmes sanglantes du martyre ;
Larmes du remords querelleur ;

Larmes de l'Amour..... je m'arrête ;
Chante-nous celles-là, Poëte !
Les chanter, c'est aimer encor.

Et surtout, fais-nous bien entendre,
Divin menteur, qu'elles sont d'or,
Pour nous consoler d'en répandre.

JOSÉPHIN SOULARY.

LES LARMES D'OR

L'AME ET LA MER

—

A ACHILLE MILLIEN

Debout sur la falaise et les cheveux au vent,
Je regardais bondir les vagues sur la grève ;
Et, dans les noirs rochers, d'une voix forte et brève,
L'ouragan mugissait son hymne décevant....

Et le cœur oppressé par un étrange rêve,
Malgré la froide écume et l'orage, devant
Ce combat éternel et sombre, et le bravant,
Je suis resté pensif, en attendant la trève....

2

Et toujours indomptés et furieux, les flots
Se heurtaient dans la nuit en poussant des sanglots,
Et leurs crêtes semblaient briller comme des flammes !

O mon âme ! voilà ton image : la Mer !
Comme elle tu ressens les remous et les lames,
Et n'es-tu pas aussi comme elle un gouffre amer ?...

BONHEUR SUPRÊME

Lorsque ton joli bras enlace
Mon front que l'ennui vient lasser,
Lorsque ton tendre baiser chasse
Ce spleen que je voudrais chasser,

Lorsque j'entends parmi l'espace,
Doux rhythme d'or, ta voix passer,
Et que sous ton regard s'efface
Ce que rien ne peut effacer,...

Que sont les bonheurs de ce monde,
Quand sur mon cœur ta tête blonde
Vient se reposer un instant ?

Que sont les célestes promesses,
Quand tes yeux disent les ivresses
De ton âme qui m'aime tant ?

AU COLIN-MAILLARD

DE M. LEHARIVEL-DUROCHER

—

Je t'envie, ô statue aveugle ! je t'envie,
Fillette dont le cœur n'a jamais palpité ;
O toi qui ne peux voir la pauvre humanité
Traîner comme un forçat la chaîne de l'envie,

Crois-moi, ne cherche pas la terrestre clarté ;
A ton socle de pierre, enfant, reste asservie
Et ne demande pas quelque souffle de vie,
Pour te joindre un seul jour à ce monde éhonté !..

Car il est triste, hélas ! en ce siècle où nous sommes,
De voir de tous côtés ainsi ramper les hommes
Et brûler de l'encens sur l'autel des faux dieux.

Pour te cacher toujours nos misères sans nombre,
Ton regard innocent voulait un bandeau sombre :
Fillette, on a bien fait de te voiler les yeux !

AVRIL !

—

Au milieu des flots de lumière,
Dans l'air plein d'un parfum subtil,
La Vierge a laissé, la première,
Tomber son écheveau de fil.

Du vieux castel à la chaumière
Tout paraît joyeux : c'est l'Avril !
Et déjà la rose trémière
Semble narguer le froid grésil !

Parmi l'herbe, la violette
Etale son humble toilette
Qu'embellit un rayon vermeil ;

Et les oiseaux dans les ramures
Echangent serments et murmures
Sous les baisers du grand soleil !

LA ROBE ROUGE

—

Comme un taureau qui fond au milieu de l'arène
Sur le lambeau de pourpre étendu sous ses pas ;
Et comme un assassin devant l'arme qui traîne,
Sanglante, près du corps brisé par le trépas,

Devant ta robe rouge, ô toi, ma souveraine !
La haine et la fureur me torturent tout bas,
Et mon âme que ronge une affreuse gangrène
Ne désire qu'horreurs et meurtres et combats !

Oh! si parfois j'allais, comme un chien qui veut mordre,

Rugir et te serrer dans mes bras et te tordre,

Toi qu'un souffle d'Avril fait courber en passant !...

Ainsi qu'un dompteur jette aux fauves la pâture,

Pour m'assouvir, défais ton étroite ceinture

Et jette-moi ta robe aux tons couleur de sang !

J'AI CHERCHÉ...

—

J'ai cherché ce rayon qui passe
Au fond des âmes en vainqueur :
Dans tes grands yeux pleins de langueur
Je n'ai vu que nuit et que glace !

Et, devant ton rire moqueur,
Quand des pleurs coulaient sur ma face,
J'ai cherché vainement la trace
De quelque pitié dans ton cœur,...

Oh! pourtant, que tu serais belle
Si ton regard froid et rebelle
De passion brillait un jour !

Oh! pourtant, que tu serais bonne
Si tu me disais : « Je te donne,
Pour tes larmes, un peu d'amour ! »

SISYPHE

—

A THÉODORE DE BANVILLE

LA masse inerte roule, et ton bras impuissant
Sur le roc anguleux, lentement se déchire ;
O Sisyphe ! je vois partout couler ton sang,
Et pourtant ton supplice éternel me fait rire !

Je ris de voir ton corps meurtri, se roidissant
Dans cet affreux combat où ton courage expire ;
Et devant ce labeur sans cesse renaissant
Je souris quand ta bouche impure ose maudire !

Misérable histrion aux efforts surhumains,
Crois-tu donc m'attendrir lorsque de tes deux mains
Sur ton lourd ennemi tu peux user ta rage ?

Hélas ! que diraient ceux qui souffrent par le cœur,
Et dont l'âme se brise à chercher ce mirage :
La gloire que Dieu met sur le front du vainqueur !

POUR UNE ABSENTE

—

A Mlle A. D.

Mon cœur n'attend pas la saison des roses
Pour se parfumer de ton souvenir ;
Et, malgré l'hiver et les jours moroses,
Vers toi, ma mignonne, il veut revenir !

Tout bas il disait de si douces choses
Et doutait si peu de son avenir
Que je l'ai lâché vers tes lèvres roses
Sans savoir ce qu'il pourrait devenir !

Allons, chère enfant, ne sois pas farouche!
Permets qu'aujourd'hui, sur ta fraîche bouche,
Cet oiseau volage aille se poser !

Laisse-le, joyeux, frissonner de l'aile,
Et songe, rêveuse : « Est-ce une hirondelle
Qui vient me donner le premier baiser ? »

A FRANÇOIS COPPÉE

POUR LE REMERCIER DE L'ENVOI GRACIEUX DE SON LIVRE

Le Cahier Rouge

—

Sous le désir ardent de ce but : te connaître,
Mon âme avait cherché la tienne dans les cieux ;
Et, soudain, au milieu d'un nimbe glorieux,
Je vis ta grande et noble image m'apparaître :

Un luth d'or et d'ivoire aux sons harmonieux
Du chant de tes beaux vers pénétrait tout mon être ;
Et devant les penseurs, tu marchais, toi, le maître,
Pâle, la plume au doigt, fier et silencieux !

Parmi l'azur sans fin, le rhythme à l'aile blanche,
Oiseau charmeur, venait, sur ton grand front qui penche,
Poser un long baiser d'amour en frémissant !

Et, comme un clair rubis dont l'éclat luit et bouge,
Une goutte vermeille et chaude de ton sang
Marquait déjà ton livre au front : *le Cahier Rouge !*

PREMIER JANVIER

—

L E Ciel se teint d'une lueur :
C'est un an nouveau qui commence ;
Va-t-il chasser toute souffrance
Et nous apporter le bonheur ?

Qu'il passe, et qu'un autre s'avance :
Dans le creuset de la douleur
Chaque minute sèche un pleur :
Demain n'est-il pas l'espérance !

Richesse, gloire, amour, beauté,
Tout ici-bas est vanité ;
Pour notre âme, joie immortelle !

La vie est l'aube du matin ;
Et le jour luit, quand le destin
Nous ouvre la porte éternelle !

VERS PARIS

A Mlle AUGUSTINE DAIGNEAU

Dans ce Paris immense, où la grande bataille
Des âmes et des bras dure éternellement,
Parmi le bruit sans fin et le rugissement
De ceux que le labeur étreint dans sa tenaille,

Parmi ce flot humain qui roule incessamment
Et dont le cœur si vite et si souvent tressaille,
Mon esprit obsédé par les rêves, travaille,
Et t'évoque au milieu de tout ce mouvement.

Pauvre fleur que déchire et qu'emporte la trombe
Stoïque, je te vois, douce et pure colombe
Dans ce gouffre profond lentement t'abîmer....

Je te vois, étendant ta petite main blanche,
Comme un noyé qui cherche à saisir une branche,
Vers cette arche bénie : une âme pour t'aimer.

MERCI, POÈTE

—

A MONSIEUR AUGUSTE GODIN

A la réception de son livre : Les Folioles.

Poète aux chants délicieux,
Toi qui vis au pays du rêve,
Ton vers harmonieux s'élève
Et dans l'azur, fuit radieux....

Devant ton livre gracieux
Plein de jeunesse et plein de sève ;
Mon cœur, froid galet sur la grève,
A vu s'entrouvrir d'autres cieux !

Oh, merci, mille fois, poète
D'avoir à mon âme inquiète
Ouvert ton précieux trésor !

Oh, merci, toi qui, sur ma route,
Où tout n'est que regrets et doute,
Sèmes des *Folioles* d'or !

SOUS L'OMBRELLE

—

A Mlle A. D.

Aux confins de Paris, dans le quartier du Maine,
Du côté de Montrouge, où le chemin de fer
Emplit l'air de ses cris et de son bruit d'enfer,
Avec elle parfois, heureux, je me promène....

Elle accepte mon bras joyeusement offert,
Et, pour rompre l'ennui de sa longue semaine,
De ce coin retiré faisant notre domaine,
Nous flânons jusque sur le boulevard d'Enfer.

Il faut nous voir tous deux cachés sous son ombrelle
Devisant poésie, et musique et dentelle,
Et de mille riens qui nous font si contents...

Quelquefois un silence attriste son sourire :
Je la regarde alors, et sans oser le dire
Chacun de nous, tout bas, songe qu'il a vingt ans.

L'AVARE

—

E vieil avare aux yeux livides
Est là, courbé sur son trésor ;
Et dans ses coffres jamais vides
Il empile les pièces d'or !

Contentant ses désirs cupides,
Tout bas, il dit : encore, encor !
Et pour un louis, ses mains avides
Ecorcheraient la peau d'un mort !

Qu'un traître vende la patrie,
Que notre gloire soit flétrie,
Que chez nous vienne l'étranger !

Que lui font ces horribles choses ;
Pour lui, tout est couleur de roses :
Ses écus sont hors de danger !

LA CHAIR ET L'AME

—

A M. EMMANUEL DES ESSARTS

Comme les fils d'Œdipe, ennemis quoique frères,
Ame et Chair, vous livrez vos assauts ténébreux
Et dans nos jours d'espoir, vos luttes arbitraires
Changent nos rêves d'or en des tourments affreux

O toi, matière inerte aux désirs téméraires,
L'esprit seul de ton sang fait un vin généreux.
O toi qu'ont profané tant de thuriféraires,
Ame, la chair te donne un accueil chaleureux !

Et pourtant, soutenant le poids de même chaîne,
Partenaires qu'unit ensemble même haine,
En vain, pour vous quitter, vous redoublez d'effort,

Et Celui qui créa, en soufflant un atome,
De vos êtres unis cette poussière : l'homme !
Dut pour vous délier faire un spectre : la Mort !

DIS-LE MOI

—

Si, lorsque ton regard d'archange
Dans le mien se fond longuement,
Inconstante, ton âme étrange
S'envole vers un autre amant...

Si, quand tu fais le doux échange
De mes baisers pour un serment,
— Moi qui crois ton cœur sans mélange,
Sur ma bouche, ta lèvre ment ;

Si ce rêve que je caresse,

Bonheur partagé, même ivresse,

N'est qu'un vain songe, ou doit périr ;

Si tu ris de mon amour même,

Dis-le moi, toi seule que j'aime,

Pour que je m'apprête à mourir !

UN MIRACLE

—

'ENFANT agonisait. Assis près de sa couche,
Frissonnant d'un soupir, tremblant au moindre bruit,
Les malheureux parents, tous deux passaient la nuit.
Et mornes, contemplaient cette douleur farouche...

Oh! que de pleurs versés dans le triste réduit!
Car ce mal effrayant qui brise ce qu'il touche
Semblait déjà fermer cette petite bouche
Et mettre l'ombre au fond du doux regard qui luit.

4

Le père sanglottait; tout bas priait la mère
Lorsque, soudain, devant cette tristesse amère
Apparut une vierge au regard triomphant.

Et, montrant le berceau plein de clartés étranges,
Elle dit : « Gardez-le, n'ai-je pas assez d'anges ?
Puisqu'ici-bas, tous deux, vous n'avez qu'un enfant ! »

AIMEZ,.. DORMEZ !

L'ÉTHER condense
Lumière et bruit,
L'ombre s'avance,
Le jour s'enfuit !

Tout est silence,
Et dans la nuit
L'astre s'élance,
L'étoile luit.

Aux belles filles
Lèvres gentilles
Chantent : « Aimez ! »

Aux têtes grises
Les froides bises
Disent : « Dormez ! »

A JOSÉPHIN SOULARY

—

Q UAND ce que nous créons, par le temps renversé
S'écroule dans l'oubli comme un flot sur la grève,
Et que suivant la loi naturelle, sans trève,
Devant l'avenir sombre hier s'est effacé...

Quand le Destin fatal nous dit d'une voix brève :
« Ton œuvre doit périr sous mon souffle glacé. »
Poète, tu réponds en narguant le passé :   [rêve.»
« Tout bonheur que la main n'atteint pas n'est qu'un

Quand, fuyant tous les biens de la création,
L'âme humaine ne vit que par l'illusion,
Sur nos songes divins, tu jettes l'anathème...

O grand penseur ! pourquoi nier la vérité ?
Le désir seul est vrai ; le but n'est qu'un problème :
Nos rêves valent mieux que la réalité !

LE BLESSÉ

—

A MON AMI PAUL LABBÉ

A l'ombre du portique et gisant sur les dalles,
Comme un brick entr'ouvert à l'angle d'un écueil,
Vêtu d'affreux lambeaux et chaussé de sandales,
Un vieux soldat montrait sa plaie avec orgueil !

Devant ce front poudreux et bruni par les hâles
Les femmes s'arrêtaient de pitié sur le seuil,
Et vers la main du pauvre étendant leurs mains pâles
Faisaient au malheureux un charitable accueil.

O poètes ! le monde, hélas ! sur une claie
Traîne nos cœurs saignants d'une indicible plaie
Et tient la main fermée à toutes nos douleurs,

Et malgré nos tourments, nos pleurs, nos luttes vaines
Les femmes ne voient pas dégoutter de nos veines
Ce sang dont notre amour fait un bouquet de fleurs !

LA PETITE NONNE

—

A MON AMI PAUL HAREL

Humble, délicate et mignonne
Sous sa coiffe qui tremble au vent,
Regardez la petite nonne,
Yeux baissés, marcher en rêvant...

Aussitôt que l'*Angelus* sonne
A la cloche du vieux couvent,
Au Christ son époux, elle donne
Sa prière d'un cœur fervent.

Tout bas, mais d'un accent suprême
Aussi blanche que la dentelle,
A genoux près du crucifix,

Tout bas, mais d'un accent suprême,
Elle dit : « Comme je vous aime,
Puissiez-vous m'aimer, Dieu le fils!»

CONSOLATION

—

A MADAME MARIE PARFAIT

Sous les yeux d'un mari qui vous chérit, Madame,
Contemplant votre enfant riant entre vos bras,
La Muse vous convie à ses brillants combats,
Et déjà vos beaux vers ont fait vibrer mon âme.

Vous me charmez ; pourtant, je suis jaloux, hélas !
De ce bonheur si pur qu'ardemment je réclame :
Le souris d'un enfant, les baisers d'une femme,
Doux rayons que le ciel répandit ici-bas !...

Devant mon front voilé par les ombres du doute,
Votre lyre, un instant, en éclairant ma route,
A refoulé bien loin les amères douleurs...

Chantez, chantez encor ! votre voix qui m'enivre
Dit à mon pauvre cœur : « Aime, si tu veux vivre ;
Espère et crois, un jour Dieu séchera tes pleurs ! »

FLEURS D'HIVER

—

A TRAVERS les pâles clartés
Du ciel morne comme une tombe
La neige tourbillonne et tombe
A gros flocons précipités.

Fleurs d'azur, plumes de colombe,
Vous faites songer aux étés
Quand l'arbre aux rameaux attristés
Sous votre froidure succombe...

En vous regardant nous croyons
Voir s'envoler les papillons
Et les parfums au fond des branches.

Bonjour donc, printemps ! plus d'hiver !
— Tiens, au milieu du gazon vert
Voici les marguerites blanches !

DEUX SŒURS

Fraiches comme l'aurore, et toutes deux pareilles,
Ainsi que deux rayons, deux étoiles, deux fleurs,
Plus vives que ne sont les légères abeilles,
Je les voyais toujours ensemble, les deux sœurs...

Mêmes cheveux bouclés, mêmes lèvres vermeilles,
Même maintien rempli d'ineffables douceurs ;
Et leurs yeux où le ciel avait mis ses merveilles
Semblaient ne pas savoir ce que coûtent les pleurs !

Hélas ! dans ses décrets, Dieu parfois est étrange !
Un soir l'une inclina doucement son front d'ange,
Laissant un cœur brisé par un immense deuil.

L'autre, alors, comme fait une petite flamme,
Lentement s'éteignit dans la nuit du cercueil !...
Ces deux corps si charmants n'avaient qu'une seule âme !

SEUL A T'AIMER

—

Ne le chante pas aux oiseaux,
     Tu leur causerais peine extrême
S'ils apprenaient combien je t'aime ;
Ils sont si jaloux, les oiseaux !

Au bleu *vergiss* des clairs ruisseaux,
De la constance doux emblême,
Cache bien mon amour suprême :
La fleur s'en plaindrait aux ruisseaux !

L'oiseau tairait sa chanson folle
Et n'aurait plus une parole
, A te dire pour te charmer.

La fleur dont l'oracle console
Tristement clorait sa corolle
Et je serais seul à t'aimer !

AU LION DE BELFORT[1]

—

Tribue sermonem compositum in ore meo in conspectu leonis, et transfer cor illius in odium hostis nostri, ut et ipse pereat, et cæteri qui ei consentiunt.

Esther, liv. III, ch. xiv, v 13

Toi que n'a pas atteint l'ineffaçable trace
De ce suprême affront fait à notre grandeur ;
Toi qui n'as pas senti dans ton âme de glace
Passer, comme en la nôtre, une folle terreur ;

O noble et fier lion, la vaillance et l'audace !
Vois comment peut crouler plus d'un siècle d'honneur ;
Et tout près, à tes pieds, regarde bien en face
Ces Prussiens, objet de notre sainte horreur !

1. Voir les notes à la fin du volume.

Ils nous guettent dans l'ombre, et, le cœur plein de joie,
Ils voudraient ressaisir de nouveau cette proie,
La France, hélas ! qu'hier ils viennent d'outrager !

Colosse de granit, oh! si jamais ces lâches
Accomplissaient un jour leurs monstrueuses tâches [ger !
Quand nous serons tous morts, descends pour nous ven-

DON DE POÈTE

—

A Mᶫᶫᵉ ÉVA DE B....

'Hiver a tué ce que Dieu nous donne ;
Fleurs aux doux parfums, gais oiseaux chantants
Sous la froide neige et sous les autans
Ont fui les derniers beaux jours de l'automne

Errant au milieu des bois attristants,
En vain j'ai cherché pour te faire aumône,
Le rameau fleuri qu'on tresse en couronne,
Et le rossignol qui chante au printemps.

Hélas ! serait-il des fleurs assez blanches,
Des chantres ailés tapis sous les branches
Dont la pureté fût digne de toi ?

Mais, de ce refus tu sembles froissée ...
— Tiens, prends ce sonnet plein de ta pensée :
C'est tout ce que j'ai de meilleur en moi !

AGAPES FRATERNELLES

—

LE monde avait dit : « Nous donnons des fêtes
A ceux qu'a marqués du doigt le Seigneur ;
En nous pardonnant dédain et rigueur,
Veuillez approcher, artistes, poètes... »

L'élève aux côtés du maître vainqueur,
Tous étaient venus, levant haut leurs têtes :
Sublimes esprits, âmes inquiètes,
L'éclair sur le front et la joie au cœur !

Les conduisant dans un désert immense
Le monde leur dit : « Voici, ça commence !
Apôtres divins, rafraîchissez-vous ! »

Et comme ils tendaient leur lèvres avides,
On mit sous leurs yeux suppliants et doux
Ce tonneau maudit par les Danaïdes !

ILLUSION

—

QUAND mon cœur triste et las s'éprend de longs
[voyages,
Et vers l'azur des mers parfois veut s'envoler,
Tes yeux, tes grands yeux bleus, calmes et sans naufrages,
D'un seul de leurs regards savent me consoler...

Lorsque la neige blanche au pic des monts sauvages
S'incarne en ma pensée et cherche à m'attirer,
Je contemple ton front qu'adoreraient les mages
Et je sens que je n'ai plus rien à désirer !

Quand mon être a besoin de ces divines choses :
Parfums, chansons d'amour, éclat sanglant des roses,
Mon désir sous ta lèvre, enfant, vient s'épuiser.

A tes pieds s'assouvit mon humeur vagabonde,
Mignonne, car il n'est de splendeur en ce monde
Que ne feraient pâlir ton chaud et doux baiser !

POIDS DU REMORDS

—

MARCHE seul, ô vieux solitaire !
Car tout est mort autour de toi ;
Tu n'as plus rien sur cette terre :
Ni famille, ni Dieu, ni foi !..

Entends-tu bien dans chaque artère
Ton sang bondir avec effroi,
Et dans ton âme de panthère
Se heurter le crime et la loi ?

Le ciel a chargé ton front blême
Du poids de son lourd anathème,
Tes pieds sont pris dans un linceul.

Va donc, puisque Satan te mène,
Loin de nos yeux traîner ta chaîne ;
Vieux solitaire, marche seul !

MÉCHANCETÉ

—

PARFOIS m'enveloppant de ton profond regard,
Tu cherches à savoir si c'est vrai que je t'aime
Et je lis dans tes yeux l'anxiété suprême
Du mot que je t'accorde après un long retard.

Je sais que c'est bien mal, et pourtant, en moi-même,
Je me plais à te voir souffrir, et sans égard
Pour ton sincère amour, je te jette au hasard
Des propos qui te font une douleur extrême...

Toi, bonne mille fois, tu ne me boudes pas ;
Tu baisses ton front d'ange, et tu viens dans mes bras
Cacher l'affreux tourment qui brise ta pauvre âme.

Et moi, toujours jaloux, égoïste et méchant,
J'insiste pour m'offrir le spectacle touchant
De voir sur mes deux mains tomber des pleurs de femme !

SOIS MAUDITE !

—

C'EN est fait, et je te le dis ;
Faut-il le jurer sur mon âme ?
Lâche démon aux traits de femme,
Sans nul remords je te maudis !

A d'autres tes baisers de flammes ;
A d'autres le faux paradis,
Car pour toujours de mon taudis
Je proscris ton contact infâme !

Maintenant ne cherche jamais
A connaître si je t'aimais
Et si l'absence me chagrine.

Si, désirant la volupté,
Tu reparais à mon côté,
Eh bien, morbleu, je t'assassine !

PREMIER DEUIL

—

Ⓙ E les vois, les deux sœurs, passer fraîches et belles,
Le front encor voilé par de grands deuils récents
Et leurs longs cheveux d'or, en torsades rebelles,
Encadrent leurs doux yeux aux regards innocents.

Sous leurs vêtements noirs comme les hirondelles,
Leur cœur ne connaît pas les mensonges des sens,
Et le chaste parfum qui s'épand autour d'elles
Fait taire tous pensers et tous désirs blessants.

6

Hélas ! en les voyant si pures et si douces,
Je songe à ces combats, aux terribles secousses
Dont le Destin jaloux sème notre chemin.

Et je dis : « A quinze ans, puisque pour vous la joie
Vient déjà faire place à la douleur qui broie,
Qu'est-ce donc que le ciel vous garde pour demain ? »

CE QUI SURVIT

—

Le temps a calmé mon ivresse !
Pourtant de l'amour envolé
Mon pauvre cœur inconsolé
Garde encor l'image traîtresse....

Et parfois, seul et désolé
Sous ce penser qui me caresse,
Je revois ma belle maîtresse
Avec son regard étoilé.

C'est elle qui vient me sourire
Et ce chant qu'envierait la lyre
Est l'écho de sa douce voix !

Pour toujours, je me croyais libre,
Et voilà que mon âme vibre
Aux vieux souvenirs d'autrefois !

J. B. CARPEAUX

—

A M. LE MARQUIS DE CHENNEVIÈRES

Tu disais, redressant bien haut ta tête altière,
Grand sculpteur obsédé d'un rêve glorieux :
« De mes doigts je vaincrai la rebelle matière
Et je ferai descendre en elle un peu des cieux... »

Dieu, qui seul met l'éclair au fond de la paupière,
O Carpeaux ! regardait ton œuvre, soucieux,
Et lorsque sous ta main se convulsait la pierre,
Celui qui crée, alors, soudain fronçait les yeux !

Mais toi, joyeux, devant la *Flore* et tes *Bacchantes*,
Devant ton *Ugolin* aux souffrances poignantes,
Tu songeais : « Cela vit, j'ai donc touché le port ! »

Hélas ! le ciel jaloux de tes efforts sublimes,
En te voyant planer sur les plus hautes cimes,
Eut peur et te jeta dans les bras de la Mort !

RENOVARE

—

OSANNAH !.. Des monts à la plaine,
Dans l'air passent de grands frissons,
Et l'immensité semble pleine
D'amour, de joie et de chansons...

Tout renaît sous la chaude haleine
Du soleil que nous bénissons,
Et les brebis laissent leur laine
Aux bras épineux des buissons...

Hosannah !.. chaque créature
Redit à la belle nature
L'hymne que le ciel entonna.

Et puisque Dieu pense au brin d'herbe,
Homme, courbe ton front superbe
Et chante à genoux : « Hosannah ! »

AU PIANO

—

A MADAME H. BRETTE.

Pour chasser ce spleen décevant
Qui rend tout espoir chimérique,
Vous m'avez dit : « Venez souvent ;
Nous ferons un peu de musique... »

Me voici... mais comme le vent
Sur mon cœur glisse l'air magique ;
Auprès du piano, rêvant,
Je songe à mon mal extatique...

En vain, je veux être joyeux ;
Des larmes perlent dans mes yeux,
Mon âme boit la lie amère !

A quoi bon vouloir me guérir ?
Laissez-moi, ma douleur m'est chère,
Puisqu'un jour je dois en mourir !

LA LIBERTÉ ÉCLAIRANT LE MONDE

(Statue de Bartholdi.)

—

Le bronze a pris les traits d'une divinité !
Chez nos frères qu'unit la Grande-République,
Laissant baiser sa robe aux flots de l'Atlantique ;
Imposante, se dresse enfin la Liberté !

Cheveux aux vents, sa main dans un geste énergique
Tient un flambeau d'où sort une immense clarté ;
Symbole de progrès, de foi, de vérité,
Émancipation sublime et pacifique...

Devant le peuple-roi la pure flamme luit,
Et sur les nations qui marchent dans la nuit
Semble jeter l'espoir d'une aurore nouvelle !

Du nord jusqu'au midi, de l'ouest à l'orient
L'opprimé voit grandir ton beau front souriant,
O République humaine ! ô Paix universelle !

FRAISES D'AMOUR

—

A CHARLES MONSELET

JE la surpris un beau matin,
Comme était Diane d'Éphèse
Alors qu'elle laissait à l'aise
Palpiter son cœur puritain...

Ses yeux semblaient une fournaise,
Et je vis, ô quel doux butin !
Sur ses deux globes de satin
Pointer le carmin d'une fraise...

« Fruit mûr, dit-elle, il faut cueillir ! »
Dans un baiser je fis jaillir
Le blanc nectar de sa poitrine...

Quelles délices, Monselet !
Mets exquis et sauce divine
Que les fraises d'amour au lait !

UN ANGE GARDIEN

—

Fixant dans l'infini ses grands yeux somnolents
D'où pas un seul rayon ne s'échappe et ne brille,
Conduite doucement par une jeune fille,
Passe la vieille aveugle aux membres chancelants...

C'est pitié de les voir ; l'une, fraîche et gentille,
Éloignant de son cœur tous rêves consolants ;
Et l'autre toujours triste et marchant à pas lents,
Et trouvant très-mauvais qu'on chante ou qu'on babille.

Esclave du devoir, l'enfant suit son chemin,
Sans que son âme n'ait d'autre désir humain
Que celui d'accomplir son amer sacrifice :

Car, dans l'isolement qui paraît la charmer,
Elle n'a pas encor mis sa lèvre au calice
Qui fait qu'on est si fier et si heureux d'aimer !

A LA MER!

—

A M. ADOLPHE PABAN

Les phares semblaient des falots
Perdus au loin parmi l'orage;
Les vagues heurtaient avec rage
Le front décharné des îlots!...

Désespérés, les matelots
A bord avaient perdu courage,
Car déjà, sur le bastingage,
A grand bruit bondissaient les flots!

7

Un marin cria : « L'esquif sombre !
Qu'un lourd fardeau dans la nuit sombre
Du vaisseau tombe au gouffre amer ! »

— « Péris donc, maudite ruine ! »
Dis-je ; et déchirant ma poitrine
Je jetai mon cœur à la mer !

HARMONIE D'AUTOMNE

Comme un secret d'amour doux et mystérieux
L'automne a dans nos cœurs déposé sa tristesse ;
Le ciel donne à regret sa dernière caresse
Et son baiser ressemble au baiser des adieux...

Maintenant, c'est le deuil où tout était liesse :
Un immense silence éteint les bruits joyeux,
Et ce calme atterrant met des pleurs dans nos yeux
Et notre cœur s'emplit d'une indicible angoisse.

Chacun de nous subit la loi de la saison ;
L'ordre universel a même diapason
Dans la plante impassible et dans la créature...

De ce que nous voyons nous prenons le reflet
Et, malgré son orgueil, l'homme n'est qu'un jouet
Pour Dieu qui d'un seul doigt gouverne la nature...

GUITARE!

—

J'AI suspendu ma lyre au clou ;
L'araignée y tisse ses toiles,
Mon esprit court vers les étoiles,
Là-bas, là-bas, je ne sais où !

Dans un abîme plein de voiles,
Mon cœur tu gis la corde au cou ;
Et du doute affreux qui rend fou,
O ma pauvre âme, tu te voiles !

Aux ronces de tous les chemins
J'ai laissé le sang de mes mains
Qu'ont bu les fauves aux dents croches...

Ame, esprit, cœur sont en exil,
Et je ressemble à ces fantoches
Qu'on fait sauter au bout d'un fil !

DOUTE

A M. LE DOCTEUR JOUSSET

Où le monde finit l'éternité commence !
Des sables de la plage au pic du mont géant,
La nature s'abîme où paraît le néant ;
Dieu semble avoir frappé ses proches de démence...

La montagne de neige au sommet émergeant
Lorsqu'elle touche aux cieux est veuve de semence ;
Et l'océan, d'où sort une clameur immense,
De stériles rochers couvre son front changeant.

Devant l'azur et l'eau sans bornes, le mystère
De l'inconnu terrible apparaît à la terre
Dans toute sa grandeur et sa sublimité.

Par delà cette mort, est-il donc une vie
Où notre âme à jamais soit de joie assouvie ?
O Lazare, réponds, toi grand ressuscité !

PENSÉE D'AVRIL

—

Sans attendre que les buissons
Se couvrent de feuilles nouvelles
Apparaît avec des chansons
L'essaim joyeux des hirondelles.

Hier l'hiver aux froids glaçons
Sur nous jetait neiges et grêles.
Elles viennent, et les frissons
Du gai printemps sont avec elles

Ainsi mon cœur enseveli
Dans la tombe d'un grand oubli
Semble mort à toute caresse.

Qu'un souvenir de l'être aimé
Jaillisse et ce proscrit charmé
Retrouve sa première ivresse !

LA HALTE

—

A FRANÇOIS COPPÉE

DE fatigue harassé, pas à pas, lentement,
Au son rhythmique et clair d'une marche guerrière,
Ruisselant de sueur et couvert de poussière,
Sur la route, en août, passe le régiment.

Vieux soldats abreuvés de découragement,
Silencieux, ils vont, sous l'ardente lumière,
Vers l'étape qui doit être enfin la dernière,
Où sont le doux repos et le contentement.

Et toujours torturés par l'espoir et le doute,
Heurtant leurs pieds sanglants aux cailloux de la route,
Ils semblent des captifs qu'un arrêt exila.

Las d'un labeur sans fin, ainsi qu'eux, ô poëtes !
Nous désirons le but, car nos âmes sont prêtes,
Et le clairon, aussi, peut sonner : halte-là !

SOUS LA TONNELLE

—

A CÉLINE P.

Sous le frais berceau de verdure
Où tu prenais tes airs frileux,
Mignonne si douce et si pure,
Je suis seul... où nous étions deux !

Je suis seul ! Dire ce qu'endure
Ce cœur que tu rendais heureux
Par cette absence, hélas ! qui dure
Et fait mes jours si ténébreux !

Comme autrefois, la verte treille,
Parée ainsi qu'une corbeille,
Brille de son plus bel éclat !

Moi si gai jadis sous son ombre,
Je m'en viens rêver triste et sombre,
Puisqu'aujourd'hui tu n'es plus là !

A SON CHEVET

En mémoire du 24 novembre 1875.

—

A MON ONCLE P. PITOU

Assis à son chevet, gardant ma chère morte,
Muet, anéanti, pleurant toutes mes pleurs,
J'ai sondé vainement le sort qui nous emporte
Et bu le fiel amer des suprêmes douleurs !

Mourir à dix-sept ans ! Pauvre fille ! ... Qu'importe
Au Destin ce doux front tout couronné de fleurs !
Et de mon âme en deuil ouvrant la sombre porte,
Je songeais contemplant ses funèbres pâleurs...

Ses yeux, ses grands yeux bleus aux clartés si profondes
Sommeillaient à jamais ; l'or de ses tresses blondes
Sur ses membres glacés était là répandu...

Et j'ai dit, me traînant devant cette victime :
« O Mort ! voilà ton œuvre... et pourtant c'est un crime !
...Et l'implacable Mort ne m'a pas répondu !...

ANNIVERSAIRE

—

Pour longtemps, disions-nous, le ciel nous l'a donnée,
Et joyeux, nous faisions des songes d'avenir ;
Comme une fleur des champs par l'orage fanée,
Hélas ! elle a passé pour ne plus revenir !

O sombre anniversaire, ô douloureuse année !
Chère enfant, tu n'es plus qu'un cruel souvenir :
Pour toujours notre vie au deuil est condamnée
Par ce regret poignant que rien ne peut bannir...

8

Une tombe! et c'est tout ce qui nous reste d'elle!...
Et sur ce mausolée, à la saison nouvelle,
Insouciant, l'oiseau vient causer du printemps ;

Mais nous qui la pleurons, frère, amis, père et mère,
Nous venons là calmer notre douleur amère
Et tristement songer qu'elle aurait dix-huit ans !

LA DOUBLE CHAINE

—

DANS un médaillon que je porte
Sur mon sein la nuit et le jour
Deux tresses blondes tout autour
Forment chaîne soyeuse et forte.

L'une, ô rêve qui me transporte !
Est le gage d'un fol amour ;
Et l'autre, hélas ! n'est à son tour
Que le souvenir d'une morte...,

Espoirs sans but, bonheurs défunts,
Dans l'or mêlent leurs doux parfums
Comme un bouquet de fleurs fanées.

Et là, narguant l'oubli vainqueur,
Ces chaînes du ciel condamnées
Pour la vie enlacent mon cœur !

DOULOUREUSEMENT

—

LE ciel semblait nous dire : « Enfants, soyez unis ! »
Et tous deux, le cœur plein d'une douce folie,
Nous avions pour toujours fait ce serment qui lie
En remerciant Dieu de nous avoir bénis !..

J'étais heureux, et toi, si bonne et si jolie
Dans mes yeux tu plongeais tes regards infinis
Et comme les oiseaux cachés au fond des nids
Notre âme d'espérance était toute remplie...

Mais le monde que rend jaloux l'œuvre de Dieu
Entre nous avait mis un insondable abîme,
Et j'ai dû pour jamais, hélas ! te dire adieu.

O toi, mon adoreé ! ô martyre ! ô victime !
Toi qui souffres par moi mille fois le trépas,
Au nom de notre amour ne me condamne pas !

HEUREUX MUSSET !

—

A HECTOR L'ESTRAZ

Sous ton saule, ô Musset ! dors en paix, grand poète !
Car aujourd'hui, vois tu, dans ce siècle affairé,
La foule à nos chansons reste froide et muette
Et contemple en riant notre front éploré...

Au moins tu fus heureux, toi, pauvre âme inquiète,
Quand le peuple couvrait de fleurs ton luth sacré,
Et que, las des lauriers, un jour courbant la tête
Tu songeais au bonheur d'avoir parfois pleuré !

Tu fus heureux... Pour nous qui marchons sur ta route
Qu'avons-nous recueilli ? l'impuissance et le doute,
Et le cortége affreux des secrètes douleurs !

Musset, à nous le fiel ! grand maître, à toi la gloire !
O tristesse ! à présent on ne veut plus nous croire
Et nos yeux ont perdu jusqu'au secret des pleurs !

NOTES

ARRÊTÉ

CONCERNANT LA SUPPRESSION DU *Libéral de l'Est*.

—

Vu les décrets des 24 juillet et 8 août 1870 qui ont dé-
claré en état de siége le département du Haut-Rhin, et
les départements compris dans la 7e division militaire ;

Faisant usage des pouvoirs qui lui sont conférés par
l'article 9 de la loi du 9 août 1849.

Considérant que, dans son numéro du 4 mars 1875, le
Libéral de l'Est, imprimé à Belfort, a publié un sonnet
signé *Charles Pitou*, qui contient des outrages adressés
à une nation étrangère ;

Considérant que de semblables écrits, répandus par la
presse dans une ville frontière sont de nature à troubler
les relations pacifiques que le peuple français entretient
avec les peuples voisins ;

Arrête :

La publication du journal le *Libéral de l'Est* est interdite pendant *quinze jours,* dans le territoire de Belfort, ainsi que dans les départements du Doubs et de la Haute-Saône.

MM. l'administrateur du territoire de Belfort, les préfets du Doubs et de la Haute-Saône sont chargés d'assurer l'exécution du présent arrêté.

Au quartier général, à Besançon, le 5 mars 1875.

Signé : H. D'ORLÉANS.

JEAN-TRAS

RAY DÈS PEURCH'RONS

Sonnet en vieux patois percheron.

Y-éviont din l' Peurch' ou timps d'outſoas,
Ein Ray comm' y n' s'en font pû guère.
Ou gran jémais y n' fit lâ guère ;
Y s' coutintiont d' rémai sé poas...

Quan l'vioulouné, sû lâ feugère,
F'sait gigoutai lè fill', lè gas,
A lâ dins' errivait Jan-Tras
Qui n'êvè ren aout'chouse à faire !

D'tou nout cœu j' l'émions zè teurtous
Quand j' l' vouyomm's ès mitan d' nous
L' guâb'-m'en-pû, j'étiom'ms t' bin aise !

Asteur qu'y n'est pû l'malhurex,
Boivomm's en l'y chantant n'ein messe
Et plérons-lè dè noûs dès yex !

TABLE

TABLE

DU MÊME AUTEUR

LES FEUX-FOLLETS
POÉSIES

———

BONHEURS INTIMES
Brochure in-18, épuisée

———

Deux Compositions pour Piano,

La Sève, mélodie.

Sous les branches, chanson.
Musique d'Ernest Ameline

———

MES 28 JOURS AU 115ᵉ DE LIGNE
Brochure in-18.

BELLÊME

IMPRIMERIE DE E. GINOUX

DU MÊME AUTEUR

—

LES FEUX-FOLLETS

POÉSIES

—

BONHEURS INTIMES

Brochure in-18, épuisée

—

Deux Compositions pour Piano,

La Sève, mélodie.

Sous les branches, chanson.

Musique d'Ernest Ameline

—

MES 28 JOURS AU 115ᵉ DE LIGNE

Brochure in-18.

www.ingramcontent.com/pod-product-compliance
Lightning Source LLC
Chambersburg PA
CBHW051552280626
47162CB00022B/1719